畑章夫詩集

『猫的平和』

目次

春のレジ袋

橋をわたって

口

いわし

いわしの頭をちぎり
はらを裂く
指でわたを出すと
卵の袋がはりついた

手のひらで海が揺らぐ
記憶の底から
砂浜と海が広がる

むしろに干されたいわし
お香の煙とたくさんの蝿
熱く焼けた砂浜は　今
コンビナートの下にある

一杯　三百円
遠いところから
運ばれてきた　いわし
光る身を鍋に入れ
みりん　しょうゆ　梅干し　しょうが
くつくつと炊いた

さんま

目がある
口がある
頭から尾びれまで
しわを寄せている
干物を網にのせ
焼くと
皮が膨らみ
破れる

朝はこのように
海と出会う

二〇一一年三月一一日

君の祖先は
どこにいたのか

箸で身をほぐす
頭と
骨と
尾びれを残し
お茶をすする

ラジオからは
音楽とおしゃべりと
天気予報とニュース
皿に残った目が
こちらを見る

冬瓜

固い緑色の皮に包まれ
ラグビーボールよりも
少し小さい楕円形

ふたつに割ると
白いやわらかい実

種をとって
かつおの出汁で煮れば
それなりに
鶏肉でも
海老の数匹でも
入れて煮れば

なお
それなりに
あじが染みる

何にでも染みる冬瓜に
来し方を振り返った

湯気を立てるそれに
生姜をたっぷりのせた

にわとり

羽を押さえ
細い足をつかみ
逆さまにつるす
手のナイフが動くと
首がぶら下がった
小さい体からの血を
バケツに受けた

足を持って
湯気があがる鍋にくぐらせ
猛烈な速さで
羽をむしる
ぷちぷち　ぷちぷちと

皮がむき出しになると
温もりが残る腹から
肉と骨と内臓と
切り分ける

羽が散らばった庭で
鍋を食べる
しゃべって
笑いながら
皮付きの肉を
食いちぎった

鍋と碗と皿

みそ汁を作る鍋。麺を茹でるときは両手鍋。厚めの鍋は煮物に使う。豆を煮るときに使う圧力鍋。おでん鍋がひとつ。五年は使っていないすき焼き鍋。一人用の土鍋、二人用と四人用の土鍋がそれぞれひとつ。それに中華鍋にてんぷら鍋。このように鍋を十二個持っている。

碗や皿も数えてみた。ご飯茶碗にみそ汁のお椀、スープを入れる。シチューを入れる。茶碗蒸し。ラーメン鉢。うどんはどんぶり。めざしをのせる皿は小さいが、さんまをのせる皿は大きい。煮魚をいれる皿は少し深い。刺身を盛りつける皿。小さいしょうゆ皿。多人数のための大皿。しめて五十六枚の皿や碗。

祖母たちは鍋釜直しの　鋳掛け屋の声を聞いた
母たちはお碗を持って　焼け跡を歩いた
地震のあとは　割れた皿を踏んだ
鍋と碗と皿
それぞれ

フライパン

二つの卵を割って
ちょうどいい大きさの
フライパン

目玉焼きから始まって
野菜炒めに
焼きそば
しょうが焼き
そして
チヂミに
ポークピカタ
スパニッシュオムレツ
ハンバーグも美味い

フライパンがひとつ
フライパンでいろいろ
フライパンひとつ持てずに
避難する人たち

フライパンを
たくさん重ねたような入道雲を
ジェット機が横切る
明日も明後日も
フライパンは
空を飛ばない

柿たより

柿が届いた
木の葉に墨で
　元気です　と書いてあった

しばらくして
別の友人からも　柿が届いた
親戚からも　柿が届いて
山で暮らす友人からは
吊し柿が届いた

部屋が柿色になって
痩せてきたカレンダーに映えた

岡山・丹波・吉野・浜松

弓なりの島の中ほどから
うだる暑さや
土を流してしまう雨や
激しい風に
耐えてきた
それぞれ

柿をむいて
とろり
とろりと
夕陽がはいるダイニングで
ジャムを作った

X家の夕食

ピッ
電子音がリズミカルに聞こえる
夕方のスーパーマーケット
じゃがいも
たまねぎ
にんじん
豚肉
カレー粉
袋やパッケージに貼られた
バーコードが吸い込まれる
それぞれが
籠の中に入って
最後に

ピッ
クレジットカードが吸い込まれる

店を出ていくレジ袋の中
数字とバーコードが
賑やかに揺れる
９１２３
５４３８
２４５１
鍋に入れれば
ことことことと

バーコードとカードが吸い込まれたところで
X家の夕食があらわれる

からだ抄　―口―

たべる
日々を食べてきた
葉っぱを食べる虫に似て
落ちないように
掴まって食べた

ふくむ
つるを引っ張って
高いところの実をとった
口に広がるあけび
鳥がみていた

なめる
母ねこがなめる
子ねこがなめられる
舌の
いとしい記憶

ほほえむ
弥勒菩薩
聖母子
あかちゃんを抱いた君
見る僕

しゃべる
話す
語る
一番多いのは
しゃべる

かむ

反応が遅い
通り過ぎてから
気がついて
自分を噛む

すう

風が枝を揺らす
葉っぱが陽を受ける
樹の呼吸に包まれて
目をつぶる

つぐむ

口を半開きにしたままで
硬直した父と母
あごの筋肉を緩めて
口を閉じた

猫的平和

深夜の電話

ねこが爪とぎをする
壁土がこぼれていく

人が米倉を造ってから
蓄えることを
身近に見てきた
生きもの

暗闇で大きく
丸い目をあけ
ベッドの下で身を潜める
思うように体を
動かせなくなった父は

ベッドの上にいる

震えた小さい字が
ノートに残る
数字が踊る
平均とされる寿命を
とっくに超えても
金の計算から
逃れられないでいる

深夜　父は
侵入する人の
幻覚におののいて
残された能力で受話器を握る
寝入りばなの携帯に
呼び出し音が鳴る

運と不運

　人は運や
父の口癖だった

右太もも内側のくぼみ
大腿骨と
大動脈と
睾丸から
数センチずつ離れていた
銃弾が貫通した痕

九十歳になって
膿が出てきた
酸素吸入を受け

眠っている父がいた

中国大陸で
あなたが撃った弾に
当たった人は
運が悪かったのですか

垂れ下がった睾丸から
生まれたぼくの
脳裏に残る
くぼみ

淀川の石碑

刻まれていた
戦災死者　数万人
身元不詳　千数百の遺体

一人
二人
三人と
数えてみた
四人　五人　六人　七人　八人
届かない

身元不詳とされた
男、女、老人、子供

一人暮らしや出稼ぎや
朝鮮から　台湾からも

父は荷車で
名前をなくした
ひと　を運んだ
身重の母は
切れた絆の煙にむせた

夕陽に照らされた小さい祠と石碑は
淀川を眺める土手にある

昭和二十年六月七日、戦災死者数万人中、身元不詳の千数百の遺体を此処に集め疎開家屋の廃材を以て荼毘に付す　鬼哭啾々たる黒煙天に柱し三日三晩に及ぶ

（大阪城北公園・千人つか碑文より）

置き去り

吸い殻や竹串が
足元に散らばるガード下の酒場
頭の上を
満員電車が通過する

少し離れたところの戦災慰霊碑
隅で半開きのビニール傘が
寄りかかる

急な雨に広げられた
一本五百円は
雨がやめば置き去りで

骨の何本かは折れ曲がり
いつのまにか　消える

ビールの泡が揺れる
暗いところで
骨が光る

八月の大阪城

城は今日も
空に突き刺さっている
日差しの強い八月の城は
観光客で
いっぱいだ

古くから
交通の要衝で
石山本願寺や
秀吉の城も建てられ
滅び、壊され
堀や石垣の下には
たくさんの骨が埋まっている

天守閣から東は
兵器工場があって
一九四五年八月一四日
たくさんの爆弾が落とされた

跡に作られた公園と
イベントホールと
ビジネスビル

公園の木々は
死者の時間を吸い込んで
大きくなった
八月の城は
ここで死んだ人たちの
モニュメントに見える

ばくだんいけ

はらっぱの隅に
ばくだんいけ　があって
すり鉢状の穴に水が貯まっていた
こどもたちは
ざりがにを釣った

釣っては　ちぎり
殻をむき　白い身を出し
えさにして
また　釣っては
遊んだ

こどもたちの会話は

ざりがにの食べ方や
軍人住宅の幽霊のことなど
たあいなく
日暮れまで

はらっぱや
ばくだんいけは
暮らしから消えた
地面から突き出た手足より
細かった苗木は
枝を大きく広げて
葉をゆする

雲が消えていくところ
ばくだんの穴が
見えた

学校の旗

ランドセルが歩く
散り始めた桜の下を
後ろを向いたり
横を見たり

手に持っている袋を
くるくるまわし
立ち止まったり
ふざけあったり

ばらばら　なのがいい
軍隊で使われたという
ランドセル

小林君も
鈴木君も
野田さんも
李さん
金君
チョン君に
ワン君
リサも
エリも
門をくぐっていく

学校には
万国旗がよく似合う

長屋

ロープで囲われた更地に
テントが立てられ　人が集まり
白い服を着た神主がお祓いする
少し前まで
低い屋根が続く長屋があった

南京豆を乾す内職をしていたおばちゃん
いつもご飯を食べさせてくれた
陽の当たらない部屋には
兵隊の服を着た人の写真があった

その隣の家は病気のおじさん
おばさんは山のような服を抱えて洗濯屋をしていた

その隣は朝鮮のおじさん　日本名の表札だった
おばさんはキムチをつけて手を赤くしていた

はしに住むおじさんは片腕がなく
ワイシャツの片方をいつも揺らしていた
拾ってきたという鉄砲の弾をくれた

ショベルカーが掘った穴に
記憶がころがる
ミキサー車が
セメントを流し込む
風景が埋められていく
埋められない
朝鮮がある

猫的平和

猫が枕元で鳴く
布団から手を出すと
頭をこすりつけてくる

猫の歯が指にあたる
指を動かすと
鳴きながら
噛んだ

このまま目を覚まさなかったら
猫はぼくを食べるのだろうか
浅い眠りの中で
人を食べた
日本の兵隊を思い出した

カーテンの外が
明るくなる
木々の影が動く
猫は起きろと
ますます騒ぎ立てる

眠るのをあきらめて
伸びをして
メイドインタイランドの
猫の缶詰をあけて
朝を始めた

春のレジ袋

へそと月

狭い空に
弓形の月がいる
丸いビルを飾る電光掲示板は
回りながらニュースを伝える

雑踏から外れた小さな酒場で
へそが天井を向く
床を向く
左を向いて
右を向く
へそが動けば
尻が揺れる
胸が揺れて鈴が鳴る
肩が波打ち腕がしなる
ベリーダンス

踊りのなかに
客が入る
ふたり　さんにん
よにん　ごにん
狭い酒場で
足を上げて
尻を振る

扉のすき間からへそが飛びだす
街の中を
右へ行ったり
左へ行ったり
腹をよじらせ
へそが踊る
高層ビルの横で　月が笑う

墓碑

改札口を通って
階段を下りた
夜も更けた地下鉄のプラットホームは
からんとしている

　鶴橋　深江橋　緑橋
橋も川もない

駅の看板は
まるで橋の墓碑

壁に掛かる
地下鉄の路線図を

指でたどると
染みだした

湿った風が
轟音を引き連れて滑り込んでくる
最終列車のアナウンスが流れる
地上には
墓石に似た
長方形のビルがそそり立つ

死鳥

寒い夜
樹の枝で小鳥は
じっとしている
月が映る池では
水鳥が羽を膨らませる

ダウンジャケットに包まれ
羽が生えたように歩いていた
女や男も
夜も更けて
それぞれの羽毛に抱かれる
浅い眠りの老人は

布団のほころびから
羽を出しては夜をすごす

暗いところで
羽をむしられた鳥が
皮膚をさらす

鳥たちの嘴が
夜を穿ち
光を帯びることもなく
昇っていく

交差点の網

朝起きて
羽を繕うように
髪をとぎ
顔を洗うと
鳥の顔になっていた

ダウンジャケットを着て
駅に向かう
満員列車の
人に押されて
羽がはみでる

鳥インフルエンザ　一万羽殺処分
スマホのニュースを流し見ながら
駅に運ばれていった

改札口を出た
広いスクランブル交差点
網に似た
まだらな曇り空が
垂れ下がってきた
いそいで
渡る

不意の回路

一九九五年一月一七日
壊れたのは
どの駅だったか

特急列車は次々と
駅を通り過ぎていく

何トンもの列車の
車輪とレールからの震動
手に持った本を開け
入り込めないまま
目を閉じた

どこでつながるのだろう
　不意の回路

体が揺れ
床に本が落ちる
列車が
勢いよく
地下に入っていく

終着駅まで
時刻どおりに

酒場の釣り

釣り糸を垂れた
グラスの氷をカラカラ振った
ウイスキーをひと口含んで
目をつぶる

糸を引き上げ
カウンターの隅の
暗いところへ投げた
ゆっくり針が沈んでいった

明日、富士山が噴火するかも
琵琶湖がひび割れるかもね

すると原発も爆発する
今夜かも

腹が減るね
きっと

氷が溶ける音がして
糸が切れた

いいのかな

悲鳴が聞こえた
ゴキ

ゴキ
ゴキ
ゴキ

新聞と
瞬間冷凍スプレー
声が指さす隙間を
息を潜めて待つ

出た

スプレーを噴射する
丸めた新聞を
振り下ろす

黒光りする
小さい体が止まる
白いはらわたと
まだ動いている触覚と
小さい眼

卵に効く　という
殺虫剤を思い出した
ゴキ
ゴ

潜む

雨が降る
たたんだ傘から
しずくがしたたる

部屋の壁や箪笥
布団が湿る
テーブルに残された
果物が熟れる

パンに小さい青い黴を見つけた
体からは白癬菌のうごめき

ようやく雨がやんで
明るくなった
光がさして
水蒸気が上がる

建物の影で
白や
赤や
茶色い
きのこたちが
いっせいに
かさを広げる

春のレジ袋

自転車のハンドルに
レジ袋をかける
ペダルを踏むと
お茶とおにぎりが揺れて
春の向かい風に
はためく

花びらが舞う
川沿いの桜並木で
自転車を止めて
お茶を飲む
おにぎりの包みを開く
口に入れた瞬間
レジ袋が飛んだ

花いかだが
レジ袋をのせて
ゆっくりと
橋をくぐっていく

西日がまぶしい

ここからは遠い海の中
文字の消えかけたレジ袋たちが
水母のように漂う

橋をわたって

赤の断片

一

小さい手でつかんだ
固い刃のような草
流れてきた血
記憶に残る　初めての赤

二

埋め立てられる
大阪湾の海辺
砂浜の最後を見た
赤い夕陽がにじんだ

三

笛の音　マイクの声
集団の中にいた
機動隊の投光器から照らされた

赤いヘルメット　置き去りにした

四

結び目は
容易にほどけた
赤旗はくすんで
新調されることはなかった

五

毎日、何度も印鑑を押した
心のない赤が
体中に広がって
噴き出した

六

赤い服
タンスの中で
いつも明るい

橋をわたって

商店街が途切れるところに橋が架かっている。夕暮れになると橋の両側で、占い師たちが店を開く。小さい机をひろげ、カーテンのような布きれで囲いを作っている。机の片側には占い師たちと対面するように椅子が置かれ、恰幅のいい女性やひげを蓄えた男性、いろんな姿の人たちが客を待つ。日が暮れ始めるとランプに火がともされ、少しの風でゆらゆらと揺れる。ボクは橋の欄干に近い占い師の前に座った。すると、占い師はガラス玉に映った姿を眺め、低い声で運命のことを淡々と語り始めた。隣の占い師、またその隣の占い師と、訪ねていった。橋を渡りきると占い師たちの言葉が、消えかけていた記憶と結びつき、いろんな形を作っていった。それは大概、角や傷を持っていて、三角形であったり、歪んだ菱形であったりと、頭の中に居座っている。ボクはハンマーを持った。そして一つずつ居座っているものをたたき壊していく。言葉のかけらが頭の底に溜まって、振るとさらさらと音をたてる。頭を斜めにして、とんとんと飛ぶと、耳からつながって、出てきた。ボクは橋の中央にたち、上着を脱ぎ、ワイシャツを脱ぎシャツを脱ぎ、靴もズボンも捨てた。人々は関心なく通りすぎていく。たるんだ体をさらけ出し、とっぷりと暮れた橋を後ろにして、月明かりの道をゆっくり歩く。

夜行列車

硬い椅子
窓の冷たさ
夜行列車には
たばこと食べ物のにおいと
人の息が混ざっていた

窓からの
暗い風景に
親不知の海岸を探した少年
「家出」という言葉が輝いていた

線路の継ぎ目を踏む振動に
まどろむ時間が過ぎると

家や町の姿が
見え始める

駅に止まる
ひとつめの駅で
久保さんが降りた
次の駅で
塩見君が降りる
列車は進む
降りる準備をしている友人がいる
終着駅を予告するアナウンス

夜行列車
言葉が残る

あとがき

暮らしから世界に広がるものを書きたいと思っています。そして、私たちはどこから来て、どこへ行くのか。迫りたいと思っていますが、まだまだ、時間・空間を手繰り寄せる力がありません。詩作は難しい、でも楽しいです。

詩の尻尾を少しは見つけたように感じています。


大阪文学学校や詩杜同人の皆さん、お目にかかれた多くの詩人、詩作品から、たくさんのヒントをいただきました。

出版企画の草原詩社には大変お世話になりました。

また、栞文を書いてくださった松本衆司さん、島すなみさん、しじみさんには深くお礼を申し上げます。

岩田満穂さんには表紙の絵を提供していただきました。

多くの方々の力をお借りして、ここにあることに感謝の気持ちでいっぱいです。

二〇二〇年一月

畑　章夫

畑章夫詩集「猫的平和」　二〇二〇年四月三〇日　第一刷発行
著者　畑　章夫　*Hata Akio*
発行者　草原詩社
京都府宇治市小倉町一一〇—五二　〒六一一—〇〇四二
発行所　株式会社　人間社
名古屋市千種区今池一—六—一三　〒四六四—〇八五〇
電話　〇五二（七三一）二一二一　FAX　〇五二（七三一）二一二二
［人間社営業部／受注センター］
名古屋市天白区井口一—一五〇四—一〇二　〒四六八—〇〇五二
電話　〇五二（八〇一）三一四四　FAX　〇五二（八〇一）三一四八
郵便振替〇〇八二〇—四—一五五四五
制作　岩佐　純子
印刷所　株式会社　北斗プリント社

ISBN 978-4-908627-53-8
定価はカバーに表示してあります。
＊乱丁本・落丁本は送料小社負担でお取り替えいたします。